Ebola

Kurzgeschichte von Yvonne Bauer

Bibliografische Information der Deutschen Nationalbibliothek:
Die Deutsche Nationalbibliothek verzeichnet diese Publikation in der Deutschen Nationalbibliografie; detaillierte bibliografische Daten sind im Internet über http://dnb.dnb.de abrufbar.

Ebola
© *2014 Yvonne Bauer*
Covergestaltung und Fotos: **Yvonne Bauer**
Preis: 3,99 Euro
Herstellung und Verlag: BoD – Books on Demand, Norderstedt
ISBN:978-3-7347-8026-4

Krankheiten befallen uns nicht aus heiterem Himmel, sondern entwickeln sich aus täglichen Sünden wider die Natur. Wenn sich diese gehäuft haben, brechen sie unversehens hervor.

Hippokrates

17. April 2015

„Das kann doch alles nicht wahr sein! Wie oft haben wir diese Diskussion schon geführt?"
Ich hatte es noch nicht geschafft, mir etwas anzuziehen. Mit dem Handtuch um den Körper und nassen, tropfenden Haaren war ich in die Küche gegangen, um Björn beim Decken des Frühstückstisches zu helfen, als mein lieber Göttergatte mich ohne Vorwarnung angriff.
„Wahrscheinlich einmal zu wenig!" Wütend holte er die Lätta aus dem Kühlschrank und knallte sie auf den Tisch.
„Jetzt krieg dich mal wieder ein. Du weißt genau, dass ich ins Krankenhaus muss. Ich werde dort gebraucht!", fauchte ich ebenso aufgebracht zurück.
„Und hier nicht? Wir brauchen dich nicht, oder was?"

Erschöpft ließ sich der Mann, den ich über alles in der Welt liebe, und den ich vor fast acht Jahren geheiratet hatte, auf dem Stuhl nieder. Er raufte sich seine blonden Haare, wie er es immer tat, wenn er zornig war.

„Ich verstehe dich." Das tat ich wirklich. Unser Plan für die Zukunft hatte etwas anders ausgesehen. Wir heirateten, kurz, nachdem ich mit meinem Studium fertig war. Wenig später bekam ich eine Anstellung in der hiesigen Klinik. Es war nicht einfacher geworden, als dann kurz hintereinander erst Nils und dann Madita geboren wurden. Aber wir hatten es bisher immer geschafft, Privates und Berufliches unter einen Hut zu bekommen.

Doch seit einem halben Jahr war alles anders. Die ganze Welt stand Kopf. Niemand war mehr seines Lebens sicher. Dafür reichte es, wenn man aus dem Haus ging. Zunächst hatten alle gedacht, Westafrika sei weit weg, und die Seuche würde irgendwann eingedämmt werden. Wer konnte denn ahnen, dass diese verfluchten Fanatiker Menschen als Biowaffen benutzen und bewusst an Ebola Erkrankte in die Großstädte auf der ganzen Welt schicken würden, damit sie dort so viele Leute wie möglich anstecken? Anfangs hatten die Nachrichtenagenturen berichtet, dass das der ungebrochenen Reiselust geschuldet sei. Die Zahl der Infizierten nahm aber so rasant zu, dass dieses Argument für sich allein keine ausreichende Erklärung darstellen konnte.

Als dann ein Kranker im Fieberwahn von „Anschlag" und „Strafe Gottes" gefaselt hatte, erschien kurz darauf die Schlagzeile „BIOWAFFE MENSCH" in allen Zeitungen und Boulevardblättern auf der ganzen Welt.
Wenig später meldeten sich die Fanatiker zu Wort. In einer Erklärung, die sie im Fernsehen abgegeben hatten, sprachen die Männer davon, dass sie im Stich gelassen worden wären. Ihre Frauen und Kinder hätten nicht sterben müssen, wenn rechtzeitig die von der Weltgesundheitsorganisation versprochene Hilfe eingetroffen wäre. Sie redeten sogar davon, dass absichtlich Medikamente zurückgehalten wurden, um die Bevölkerung in den armen Ländern zu dezimieren und sich so in Zukunft Hilfslieferungen zu ersparen. Das sei nun also ihre Rache. „Möge Gott diese elenden Heuchler strafen und ihnen vor Augen führen, wie es sich anfühlt, seine Liebsten zu verlieren."
Ich erinnere mich noch genau an dieses ausgestrahlte Video. Der Gesichtsausdruck des Mannes war von Trauer gezeichnet. Sein Blick

hatte jedoch auch etwas Irres an sich und unterstrich die Gefahr, die von ihm und seinen Anhängern ausging. Allein die Erinnerung daran trieb mir eine Gänsehaut den Rücken hinauf.

Die daraufhin folgende Panik war groß. Hysterische Massen kauften die Supermärkte leer, gingen nicht mehr zur Arbeit, die U-Bahnen und Busse standen still, Schulen und Behörden wurden geschlossen. Die gesamte Infrastruktur, auf die wir in unseren westlichen Ländern so stolz sind, brach zusammen. Wochenlang herrschten katastrophale Zustände, dass sogar das Militär eingreifen musste.

Seit Ostern kehrte langsam wieder Normalität ein, wenn man es so nennen konnte. Die Zahl der Todesopfer war ungebrochen hoch, aber es kamen zumindest keine Neuerkrankten mehr hinzu. Durch streng umgesetzte Vorschriften zu Quarantäne und Umgang mit den Patienten schien es, als hätten wir die Epidemie oder besser gesagt, die Pandemie, im Griff.

Gestern starb meine Freundin Janet. Sie war Krankenschwester auf meiner Station und eine

meiner engsten Freundinnen. Unsere Kinder gingen gemeinsam in den Kindergarten.
Wenn ich darüber nachdachte, füllten sich meinen Augen sofort wieder mit Tränen. Kein Wunder, dass Björn so aufgeregt war. Er hatte einfach Angst um mich.

Ich lief zu ihm, setzte mich auf seinen Schoß und strich zärtlich über sein Haar. „Schatz, was soll ich denn tun? Ich verstehe, wovor du dich fürchtest. Aber, auch wenn das pathetisch klingt, ich habe einen Eid geschworen. Ich kann nicht anders, ich muss ins Krankenhaus!"
Mit seinen blauen Augen sah er mich traurig an. „Ich weiß. Aber versprich mir, dass du vorsichtig bist."
Ich würde vorsichtig sein. Aber Janet war das auch gewesen, und nun war sie tot. Ein Schauer erfasste mich und trieb mir erneut eine Gänsehaut über den Rücken. Was, wenn ich mich trotzdem infizieren würde? Was, wenn ich die Krankheit nach Hause bringen und Björn und die Kinder mit dieser verdammten Seuche anstecken würde? Darüber durfte ich nicht weiter nachdenken, sonst … Ich wollte diesen Gedanken nicht zu Ende denken.

Rasch hauchte ich einen Kuss auf den Mund meines Mannes und deckte weiter den Frühstückstisch ein.

„Mama?" Nils, der mit der einen Hand noch die Türklinke festhielt, rieb sich mit der anderen den Schlaf aus den Augen. Er sah so süß aus in seinem Spiderman-Schlafanzug. Ich eilte zu ihm, nahm ihn auf den Arm und drückte meinem Erstgeborenen einen dicken Kuss auf seine Pausbacken.
Als ich gestern Abend nach Hause gekommen war, hatten die Kinder schon geschlafen. So war es in den letzten Wochen fast immer gewesen. Ich sah meine Zwerge nur noch ganz selten in wachem Zustand. Erneut war ich hin- und hergerissen zwischen meinen mütterlichen und beruflichen Pflichten. Ich verpasste so viel, aber ein Leben als Hausfrau und Mutter allein, hätte mich nicht ausgefüllt.
Verstohlen sah ich zu Björn. Es war wohl nur eine Frage der Zeit, bis er mich auch an meine ehelichen Pflichten erinnerte. Seit diese Epidemie solche Ausmaße angenommen hatte, war ich nach vierzehn bis sechzehn Stunden täglicher Arbeit viel zu müde, auch nur einen Gedanken an Sex zu

verschwenden. Und ich liebte es, wenn er mich berührte und streichelte. Verflixte Zwickmühle! Aber das ist wohl der Preis dafür, wenn Frau Alles will.

Seufzend setzte ich meinen Vierjährigen auf seinen Stuhl, als ich seine Schwester aus dem Bad rufen hörte. „Ich bin fertig!"

Dieses Kind hatte eine Verdauung, dass es unglaublich war. Bereits vor dem Frühstück hatte sie, wie jeden Morgen, ihr großes Geschäft erledigt und rief nun, damit jemand kam, um ihr den Hintern abzuwischen.

„Na, meine kleine Prinzessin, hast du was Schönes geträumt?"

„Ja, Mami."

Die Morgensonne schien durchs Badezimmerfenster und zauberte einen goldenen Schimmer auf ihre blonden Locken.

Der Griff nach dem Toilettenpapier kam mir irgendwie surreal vor. Hier stand ich nun und kam vollkommen alltäglichen Bedürfnissen nach, während außerhalb unserer Wohnung, nur wenige Kilometer entfernt, Chaos herrschte, Tod und Leid.

„Mami, ich will wieder in den Kindergarten gehen, zu Anna und Robert und Tante Heidi."

„Ja, meine Süße, ich weiß. Aber das geht nicht. Alle Kinder bleiben zuhause bei ihren Eltern, bis die Menschen in der Stadt wieder alle gesund sind. Das habe ich dir doch schon erklärt."
Madita zog eine Schnute, wie nur sie es konnte, herzerweichend. „Aber, ich will."
„Du möchtest bitte, wenn überhaupt." Erneut überfiel mich ein Gefühl der Irrealität. „Komm her, wir waschen jetzt erst mal deine Hände und dann wird gefrühstückt. Papi hat schon den Frühstückstisch gedeckt."
„Ich will ein Nutellabrötchen", sprach das Kind und hopste in die Küche. Ich war erneut versucht, sie zu verbessern, gab es aber auf. Der heutige Tag würde auch so anstrengend genug werden. Seufzend lief ich ihr nach.

Nachdem ich es endlich geschafft hatte, mich anzuziehen und von Björn und den Kindern zu verabschieden, stieg ich in meinen Uralt-Käfer und fuhr in Richtung Krankenhaus.
Gedanklich ging ich schon einmal die Aufgaben für heute durch, wobei mir klar war, dass es wahrscheinlich wieder anders kommen würde als geplant. Ich weiß gar nicht mehr, wann ich das letzte Mal einen ganz normalen Arbeitstag mit

Morgenbesprechung, Visite, Mittagessen, Briefe Diktieren und Diagnostik erlebt hatte.
Seit dem Ausbruch dieser verdammten Seuche war nichts mehr wie früher. Das fing schon mit den Hygienemaßnahmen an. Den ganzen Tag mussten wir in diesen furchtbaren Schutzanzügen herumlaufen, in denen man während jeder Schicht mindestens drei Liter Wasser in Form von Schweiß verlor. Soviel konnte ich gar nicht nachtrinken. Und dann diese Masken. Das ständige Gefühl, jeden Moment darunter ersticken zu müssen, war nach all den Wochen immer noch nicht gewichen. Meine Frisur, wenn man sie so nennen konnte, bestand aus einem einfachen Pferdeschwanz, den ich unter einer Haube feststeckte.
Ich erinnere mich noch genau an den ersten Patienten, den wir unter dem Verdacht auf eine Ebola-Erkrankung behandelt hatten. So, wie es die Vorschriften für den Notfall vorgesehen hatte, wurde der junge Mann, der seit einigen Tagen unter Durchfall und Fieber litt und schwer krank wirkte, in einen speziellen Behandlungsraum gebracht, die Bereitschaft des Gesundheitsamtes informiert und dann eine Spezialverlegung nach Leipzig in die Sonderisolierstation veranlasst.

Alles war genau nach Plan verlaufen. Der Patient hatte sich nach drei Wochen soweit erholt, dass er gesund wieder nach Hause entlassen werden konnte. Die Kollegen in Leipzig hatten ihn mit dem noch nicht zugelassenen Antikörper ZMapp erfolgreich behandelt. Dieses Medikament war ein Segen, auch wenn es nicht bei jedem Kranken wirkte.

Wer hätte damals ahnen können, dass diese Terroristen Menschen als lebende Waffen benutzen würden?

Irgendwann hatten wir die Patienten nicht mehr nach Leipzig bringen können und auch die anderen Zentren in Deutschland waren hoffnungslos überfüllt. Also fingen wir an, die Infizierten hier in Mühlhausen zu behandeln. In kürzester Zeit waren auch unsere Stationen so brechend voll, dass wir die dicht aneinander gedrängten Patienten in den Fluren verarzten mussten. Die Polizei war überlastet und konnte den Hausarrest, der für die Quarantäne der Kontaktpersonen notwendig war, nicht mehr aufrechterhalten. Die Menschen gerieten in Panik, kauften die Supermärkte leer, Eltern schickten ihre Kinder nicht mehr in die Kindergärten und Schulen, aus Angst, sie würden

sich dort mit Ebola anstecken. Immer mehr Leute gingen nicht mehr zur Arbeit, weil sie dachten, sie könnten sich so vor der Seuche schützen. Über kurz oder lang gab es niemanden mehr, der Busse und Taxen lenkte, die Belegschaft der Krankenhäuser schrumpfte von Tag zu Tag, Geschäfte blieben geschlossen, die Müllcontainer quollen über. Es war eine einzige Katastrophe.
Die Bundeskanzlerin rief den Ausnahmezustand aus, und das Militär rückte an. So konnte zumindest ein gewisses Maß an Ordnung wiederhergestellt werden.
Ich fand es zwar eigenartig, dass die Supermarktkasse im einzigen geöffneten Lebensmittelgeschäft der Stadt von einem Soldaten bedient wurde, aber mit der Zeit habe ich mich an diesen Anblick und auch an den langer Schlangen vor dem Laden gewöhnt.
Irgendwie fühlte ich mich in die DDR-Zeit zurückversetzt, als wir für Bananen in der Kaufhalle anstehen mussten, wobei die Wartenden nicht von Armisten mit geladenen Maschinenpistolen flankiert worden waren.

Vier Monate waren seitdem vergangen.

Ich parkte meine Rostlaube auf dem Krankenhausparkplatz und lief in Richtung Umkleide. Dort traf ich Julia, eine meiner jungen Kolleginnen, die vor einem knappen Jahr die Uni abgeschlossen hatte. Sie sah übernächtigt aus.
„Wann bist du gestern raus hier?"
„Ich weiß nicht mehr genau, gegen halb zwölf, glaube ich."
„Du Arme, bei mir war´s auch wieder zehn, bis ich zuhause war. Die Kinder haben schon geschlafen, und Björn hat mich wieder böse angefunkelt. Ich bin froh, wenn das alles hier vorbei ist. Dann machen wir erst einmal einen schönen, langen Urlaub, damit der Haussegen wieder gerade rückt."
Lächelnd schloss ich meinen Schrank ab und begleitete Julia auf die Station. In der Schleuse zogen wir uns die Schutzanzüge über.

Auf dem Flur unserer Abteilung lagen wieder zehn Leichensäcke. An diesen Anblick hatte ich mich mittlerweile gewöhnt. Diese armen Seelen hatten in der letzten Nacht den Kampf um ihr Leben verloren. Wann hörte dieses furchtbare Sterben endlich auf? Noch vor einem halben Jahr hatte ich den Tod eines jeden Patienten, den ich verlor, als persönliche Niederlage betrachtet. Diese Erkrankung hatte mich eines Besseren belehrt. Hoffnungslosigkeit überkam mich beim Anblick der schwarzen Säcke. Hatte der tägliche Kampf um das Leben überhaupt noch einen Sinn? Die Seuche raffte so viele dahin und machte dabei keinen Unterschied, ob die Opfer schon achtzig oder erst fünf Jahre alt waren.

Das Piepen des Monitors im Zimmer rechts neben mir riss mich aus meinen Gedanken. Mit einem einzigen Blick auf den Bildschirm erfasste ich die Situation. „Rea-Wagen in die Fünf!", rief ich und stürzte in den Raum. „Ein Milligramm Adrenalin auf Zehn, Defi startklar machen!"
Zwei Schwestern und Julia eilten, meine Anweisungen auszuführen, während ich den schweißigen Oberkörper des Patienten freilegte, indem ich kurzerhand sein Shirt aufschnitt. Alles Übrige war Routine …

Nach zwanzig Minuten hatten wird das dramatische Ringen um sein Leben verloren. Der zuvor im Todeskampf verkrampfte Körper des Patienten lag nun friedvoll und entspannt in seinem Bett. Der stereotype Piepton des Monitors

dröhnte mir in den Ohren. Niedergeschlagen sah ich auf die Uhr. „Zeitpunkt des Todes: 8.11 Uhr." Erschöpft trat ich vom Bett weg. Ich war bis auf die Haut durchgeschwitzt. Irgendwo hatte ich einmal gelesen, dass eine korrekt ausgeführte Reanimation von etwa einer halben Stunde ungefähr mit acht Stunden Arbeit unter Tage zu vergleichen sei. So fühlte ich mich auch.
Julia trat hinter mich und legte ihre Hand auf meine Schulter. „Mehr ging nicht."
„Ich weiß." Aufs Neue entmutigt, machte ich mich auf den Weg ins Dienstzimmer.
„Frau Doktor Michel, kommen sie schnell…"

Als ich das nächste Mal auf die Uhr sah, war es halb sechs am Abend. Julia und ich hatten es wieder nicht geschafft, eine Pause einzulegen. Ich fühlte mich zittrig und müde. Es war wirklich an der Zeit, etwas zu essen. Bevor ich nach Julia suchen konnte, um sie zu fragen, ob sie mich in die Cafeteria begleiten würde, klingelte mein Diensthandy.
„Michel …, oh, Björn, was gibt's?"
Er klang ganz aufgeregt.
„Nils ist weg!"
„Wie bitte?! Wie konnte das passieren?"

Björn war nach dem Ausbruch der Epidemie zuhause geblieben und hatte sich um Haushalt und Kinder gekümmert. Es war zwar nicht leicht, auf sein Gehalt zu verzichten, aber in Anbetracht der Tatsachen, war dies die einzige Möglichkeit gewesen.

„Ich habe Staub gesaugt und das Abendessen vorbereitet. Als ich ihn gerufen habe, war er nicht gekommen. Dann bin ich in sein Zimmer gegangen, dort war er aber nicht. Schatz, ich habe ihn überall gesucht, konnte ihn aber nicht finden."

„Ich komme."

Als ich aufgelegt hatte, gaben meine Knie nach. Ich rutschte mit dem Rücken an der Wand herunter und setzte mich auf den Boden. Wo war dieser kleine Schlingel nur?

Nachdem ich meinen Kollegen die Situation dargestellt hatte, machte ich mich auf den Weg nach Hause. „Privat vor Katastrophe …", hatte mein Chef verständnisvoll erklärt.

Während der Fahrt überlegte ich krampfhaft, wo wir mit der Suche anfangen sollten. Vielleicht war er ja zu meinen Schwiegereltern gelaufen. Aber Björn würde wahrscheinlich dort zuerst angerufen haben. Also verwarf ich diesen Gedanken wieder.

Einer Eingebung folgend, fuhr ich am Spielplatz vorbei, wo wir früher immer die Nachmittage verbracht hatten. Ich hielt den Wagen und stieg aus. Auf den ersten Blick war es hier menschenleer. „Nils? … Niiiiihils?"

Einen Versuch war es wert gewesen. Seufzend setzte ich mich wieder hinters Steuer und fuhr los.

Zuhause angekommen, erwartete mich Björn schon an der Wohnungstür. Er war völlig mit den Nerven fertig. „Gut, dass du da bist. Ich weiß nicht, wo ich noch suchen soll. Bei meinen Eltern habe ich angerufen, da ist er aber nicht. Meine Mutter wollte bei der Suche helfen, ich habe ihr aber gesagt, sie soll zuhause bei Papa bleiben."

„Das ist besser so, denke ich. Auf dem Spielplatz war ich schon. Was meinst du, wo er noch hingegangen sein könnte?"

„Ich habe schon angefangen, die Elternliste vom Kindergarten abzutelefonieren. Bei Conny und Silke war niemand zu erreichen. Bei Silvia, Anke, Vicky und Susanne ist er nicht gewesen."

Ich nahm ihm das Telefon aus der Hand. „Setz dich erstmal hin und trink einen Schluck, ich rufe die restlichen Eltern an. Mal sehen … wer ist der Nächste auf der Liste? Oje, Janet …"
Meinst du, wir können Rene anrufen? Er wird sicher vor Trauer außer sich sein."
„Wir müssen. Stell dir nur vor, Nils ist zu Patrick gelaufen. Die Familie steht durch den Tod von Janet unter Quarantäne." Es kribbelte mir unangenehm im Nacken und meine Härchen richteten sich dort auf.
Rasch wählte ich die Nummer. „Besetzt, so ein Mist." Nachdem ich mehrere Male die Wahlwiederholungstaste betätigt hatte und mir immer wieder das gleiche Signal entgegen tönte, gab ich es auf. „Wir sollten hinfahren."
„In Ordnung. Ich fahre. Du bleibst hier bei Madi."
Die Kleine hatte ich in der ganzen Aufregung ganz vergessen. Was war ich nur für eine Rabenmutter!

Die Haustür klappte zu, und ich lief die Treppen hinauf in das Zimmer meiner Tochter. Madita hatte sich in ihr Bettchen gekuschelt, ihren Spongebob im Arm, und schlief friedlich.

Vorsichtig strich ich die blonde Haarsträhne aus ihrem Gesicht, sodass ihre kleine Stupsnase zum Vorschein kam. Unwillkürlich musste ich lächeln. Die Kleine sah mir so ähnlich, dass es schon unheimlich war. Schon nach ihrer Geburt vor knapp zwei Jahren kam mir ihr Gesichtchen so bekannt vor. Dies ließ sich durch einen Blick auf meine Babyfotos ganz leicht erklären. Auch Björn hatte, nicht ohne einen leisen Anflug von Bedauern, gesagt, dass sie mein „Abklatsch" sei. Ich kam ihm dann mit einer Ausführung zu dominanten Genen, was ihn auch nicht zufriedener stimmte. Trocken erwiderte er dann, dass wir wohl so lange üben müssten, bis wenigstens eines seiner Kinder aussehen würde wie er. Da müsste er wohl auf den Tag warten, bis Männer Kinder bekommen könnten, war meine prompte Antwort.

Damals war alles so einfach und ungezwungen gewesen. Ich wünschte mir diese kleinen, glücklichen Momente unseres Lebens so sehr zurück! Stattdessen war ich jeden Tag von Tod und Krankheit umgeben. Zu allem Unglück war nun auch noch Nils verschwunden. Was sollte noch alles geschehen? Wie viel konnte ich noch aushalten?

Madita schmatzte im Schlaf. Wer weiß, was sie gerade träumte. Ein letztes Mal streichelte ich zärtlich über ihr Köpfchen und zog die Decke über ihr Hinterteil, das keck darunter hervorlugte. Dann verließ ich das Zimmer und schloss die Tür leise hinter mir.
Nachdem ich den Geschirrspüler ausgeräumt und die Küche gefegt hatte, lief ich unruhig im Raum Küche auf und ab. Immer wieder zog ich voller Ungeduld die Gardine zur Seite und lugte aus dem Fenster, ob Björn endlich mit dem Jungen nach Hause kommen würde.
Mein Magen knurrte laut. Meine Kehle war so zugeschnürt, dass ich wohl keinen Bissen herunterbringen könnte, nicht bevor Nils wohlbehalten wieder da wäre.

Ich musste wohl im Sitzen eingenickt sein, denn als die Küchentür aufflog, und Nils hereingestürmt kam, erschrak ich so sehr, dass ich beinahe den Teller, der vor mir stand, vom Tisch gefegt hätte.
„Mutti!" Der Junge warf sich in meine Arme. Ich drückte seinen kleinen, warmen Körper an mich und war unendlich dankbar. Als ich über dessen Kopf hinweg Björns sorgenvolle Mine erblickte,

machte sich erneut ein ungutes Gefühl in meinem Bauch breit.

„Wo …?" Die übrigen Worte blieben mir im Hales stecken, als ich den Gesichtsausdruck meines Mannes wahrnahm.

Björn nickte. „Bei Patrick. Die beiden haben im Kinderzimmer mit Legosteinen gespielt. Rene hatte nicht mitbekommen, dass Nils da war. Er ist vor Trauer ganz von Sinnen, hat erst gar nicht verstanden, was ich eigentlich wollte."

Meine Gedanken überschlugen sich. „Hast du Rene gefragt, ob außer Janet noch jemand Symptome zeigt?"

„Nein, ich war so froh, dass ich den Kleinen gefunden hatte, dass ich daran nicht dachte."

„In Ordnung, du solltest mit Madita zu deinen Eltern ziehen, bis wir wissen, ob …"

„Aber, was ist mit der Klinik?"

„Die müssen ohne mich auskommen. Nils hatte ungeschützten Kontakt zu Personen, deren Familienangehörige …"

„Du lieber Himmel, hörst du dir eigentlich selber zu!? Das ist Janet, deine beste Freundin Janet, von der du da redest."

Natürlich wusste ich das. Meine Reaktion war ein Abwehrmechanismus, was sonst. Wenn ich erst anfing, darüber nachzudenken, dass eine meiner besten Freundinnen gerade gestorben war, würde ich wahrscheinlich nicht mehr aufhören können zu heulen. Aber jetzt musste ich all meine Gedanken beisammenhalten. Ich musste einen kühlen Kopf bewahren. „Ich gehe rauf und hole ein paar Sachen für Madita. Wenn du für dich eine Tasche packen würdest? Ich rufe bei deinen Eltern an."

Nachdem wir die Kleine, in eine Wolldecke eingewickelt, ins Auto verfrachtet hatten, verabschiedete ich mich erschreckend halbherzig von meinem Mann und brachte meinen Sohn in sein Bett. Bevor ich das Licht ausschaltete, betrachtete ich ihn noch einen Augenblick lang.
Oh Gott, bitte lass meinen Jungen nicht krank werden!
Jetzt war es also soweit. Es war amtlich. Ich war am Durchdrehen. Feilschte ich hier mit einem Gott, an den ich nicht glaubte? Ich musste mich zusammenreißen. Schon oft hatte ich gehört, dass ein Arzt nicht seine Angehörigen behandeln soll. Jetzt weiß ich auch warum. Anstatt sich die genauen diagnostischen Schritte und die daraus resultierenden Behandlungsalternativen in aller

Ruhe durch den Kopf gehen zu lassen, mit dem Patienten genau alle Risiken und den Nutzen der Therapien abzuwägen, wird man ein Opfer seiner Gefühle und lässt sich von Emotionen leiten. Persönliche Anteilnahme und Empathie sind sicher ein Grundpfeiler einer jeden guten Arzt–Patienten–Beziehung, aber man darf sich nicht von seinen Affekten beherrschen lassen.

Ich ging in die Küche. Der Abendbrottisch war immer noch gedeckt, aber keiner hatte etwas gegessen. Zunächst einmal würde ich für Ordnung in der Wohnung sorgen, danach galt es, meine Gedanken zu disziplinieren.
Mit einem warmen Glas Darjeeling zwischen meinen Händen setzte ich mich auf das Sofa im Wohnzimmer. Lilly, meine Kartäuserkatze, hüpfte auf meinen Schoß und rieb ihren Kopf an meinem Arm. Ihr Schnurren beruhigte mich ein wenig.
Also, was musste ich als Nächstes tun? Die Inkubationszeit für Ebola war zwischen zwei und einundzwanzig Tagen, in den meisten Fällen, die wir im Krankenhaus behandelt hatten, in etwa zehn Tage. Bisher waren Rene und Patrick noch nicht krank, aber Janet konnte sie angesteckt

haben. Auch wenn die beiden noch keine Symptome an sich bemerkt hatten, so konnten sie dennoch dieses tödliche Virus übertragen haben.

Ich widerstand dem Drang, nach oben zu rennen und meinen Sohn zu wecken, um ihn zu fragen, was er im Laufe des Nachmittages gemacht, ob er sich mit seinem Freund eine Milchschnitte geteilt oder aus dessen Flasche oder Becher getrunken hatte. Es war zum Verzweifeln!

Der Tee war in der Zwischenzeit kalt geworden. Ich stellte das noch immer volle Glas auf den Tisch und beschloss, auch ins Bett zu gehen, obwohl mir klar war, dass ich in der Nacht kein Auge zutun würde. Mechanisch putzte ich meine Zähne, zog meinen Schlafanzug an und bürstete mir die Haare. Ich griff mir meinen eReader, den ich in meiner Handtasche überallhin mitnahm, und stieg müde und körperlich vollkommen erschöpft die Stufen zum Schlafzimmer hinauf.

Es war eigenartig, dass die andere Hälfte des Bettes neben mir leer war. Björn und ich waren es gewöhnt, gemeinsam Schlafen zu gehen, wenn es sich einrichten ließ. Durch meinen Job war ich nachts viel im Krankenhaus, sodass ich eigentlich nur ein Viertel der Nächte zuhause verbrachte. Meistens kuschelten wir noch eine halbe Stunde und erzählten uns die Erlebnisse des Tages, denn dazu kamen wir, solange die Kinder wach waren, nicht.

In den letzten Wochen und Monaten, seit der rasanten Ausbreitung dieser Seuche, war ich fast immer zu müde gewesen. Da ich jederzeit schon im Stehen hätte einschlafen können, war es nicht verwunderlich gewesen, dass ich bereits eingenickt war, als mein Kopf das Kissen berührt hatte.

Ich schaltete meinen eReader an. Zum wohl mindestens zehnten Mal las ich die Geschichte von Claire und Jamie und begleitete sie bei ihren Abenteuern in den Highlands. Ich liebte die Romane von Diana Gabaldon. Immer, wenn ich den letzten Teil der Saga zu Ende gelesen hatte, fing ich von vorn wieder an und entdeckte häufig Stellen, die ich schon wieder vergessen hatte.

Als ich mit dem Gesicht auf meinem Reader wieder aufwachte, war es bereits hell. Ich musste doch irgendwann eingeschlafen sein. Es war still in der Wohnung. Mit bis zum Hals hoch klopfendem Herzen machte ich mich auf den Weg ins Kinderzimmer. Nils spielte auf dem Teppich mit seinen Matchbox. Die leere

Verpackung einer Milchschnitte verriet mir, dass er bereits selbst für sein Frühstück gesorgt hatte. Verstohlen betrachtete ich ihn von der Seite. Er war zwar blass, aber das war er eigentlich immer. An der einen Hälfte des Kopfes standen seine blonden Haare ab. Sie mussten wieder geschnitten werden.

Ich setzte mich neben ihn auf den Teppich und sah zu, wie er eines der kleinen Autos in einer selbst gebauten Legogarage parkte.

„Hallo, Mama", begrüßte er mich, ohne aufzublicken. Wie immer, war er in sein Spiel vertieft, dass er seine Umwelt nur marginal wahrnahm.

„Hallo, mein Schatz. Hast du gut geschlafen?"

„Ja."

„Hast du Hunger?"

„Ja." Ein weiteres Auto wurde eingeparkt.

„Ich sag dir was. Während du dich wäschst und anziehst, mache ich uns etwas zu essen."

„Hm."

„Nils, sieh mich an!"

Widerwillig hob er den Kopf.

„Jetzt."

„Na gut." Wie ein Flummi stand er auf und hüpfte in Richtung Bad, derweil ich mich nur mühsam, mit schmerzenden Muskeln erheben konnte. Ich fühlte mich wie eine alte Frau, nicht wie fünfunddreißig. Ein graues Haar hatte ich letztens auch entdeckt, war auch schon versucht, es herauszureißen, tat es aber nicht, als ich mich an den Spruch meiner Oma erinnerte. „Auf jedes herausgezogene graue Haar wachsen zehn Neue." Also ließ ich es, wo es war und beschloss, mit Farbe etwas dagegen zu unternehmen, sobald die Zeit es zulassen würde. Bloß wann würde das sein?

Nachdem ich meinen Bissen heruntergeschluckt hatte, fragte ich Nils ganz beiläufig nach dem gestrigen Nachmittag.
„Mir war so langweilig. Ich wollte doch nur mit Patrick spielen."
„Ich weiß, mein Schatz. Aber du hast mir und Papa einen Riesenschrecken eingejagt."
„Wo ist Papa?"
Scheinbar war es dem Jungen jetzt erst aufgefallen, das etwas beziehungsweise irgendwer am Frühstückstisch fehlte.
„Er ist mit Madita zu Oma gefahren und wird dort die nächsten drei Wochen bleiben."
„Warum?"

Wie sollte ich ihm das bloß erklären?

„Sieh mal, die Mutti von Patrick war sehr, sehr krank und ist gestorben. Du hast doch mitbekommen, dass seit Weihnachten viele Leute ins Krankenhaus mussten?"

Der Junge nickte und sah mich mit seinen großen, blauen Augen an.

„Viele dieser Leute sind nicht wieder gesund geworden, genau wie Patricks Mama. Nun haben wir Angst, dass auch dein Freund und sein Papa krank sind und auch, dass sie dich angesteckt haben."

Der Gesichtsausdruck meines Sohnes blieb gleichbleibend interessiert. Er konnte mit vier Jahren auch noch nicht verstehen, was es hieß, einen Menschen zu verlieren.

„Sterben wir jetzt auch?"

„Nein, mein Junge, ich hoffe nicht. Wir müssen aber abwarten, ob Patrick Fieber bekommt oder vielleicht auch du. Davor müssen wir Papa und Madita schützen. Deswegen sind sie bei Oma und Opa."

„Wenn ich krank werde, machst du mich einfach wieder gesund."

Das grenzenlose Vertrauen meines Sohnes rührte mich zutiefst. Wenn es doch nur so einfach wäre.

„Weißt du was? Wir machen es uns schön. Was hältst du davon, wenn wir dann ein Haus mit deinen Legosteinen bauen?"
„Ein Haus habe ich schon und auch eine Garage."
„Uns fällt schon was ein."

Nach dem Mittag rief Björn an und fragte, wie es uns ginge. Wie wohl? Wir standen sozusagen unter Hausarrest und warteten darauf, herauszufinden, ob wir uns mit einer tödlichen Seuche angesteckt hatten oder nicht.
Madita hätte vor dem Mittagsschlaf einen hysterischen Anfall gehabt, weil sie nicht die Absicht hatte, zu schlafen und nach Hause wollte. Seine Mutter musste alle Mühe aufbringen, um die Kleine zu beruhigen. Er plante, am Nachmittag für uns einzukaufen und dann zu klingeln, wenn er den Korb vor die Tür stellen würde. Das Telefonat war kurz, kein „ich liebe dich" oder „ich vermisse dich" kam über seine Lippen. „War er sauer oder einfach nur krank vor Sorge? Ich wusste es nicht.

Ich beschloss, mir ein Bad einzulassen und aus dieser Scheißsituation das Beste zu machen. Sollte sich Nils angesteckt haben, könnte ich sowieso nichts daran ändern. Ich musste bereit sein, wenn es so wäre, aber vorher, in den Tagen der Ungewissheit, half es nicht, sich den Kopf darüber zu zerbrechen, was wäre wenn.

Der Kleine hatte seinen Spaß in der Wanne. Er türmte eine Schaumkrone auf meinem Kopf und verpasste sich einen Bart. Gemeinsam sorgten wir mit Trinkstäbchen dafür, dass wir ausreichend Nachschub an Schaumblasen hatten. Als unsere Haut schon ganz schrumpelig war, wickelten wir uns in die Badetücher und machten es uns auf dem Sofa gemütlich. Bei einer Tasse heißem Kakao sahen wir gefühlte hundert Folgen Spongebob Schwammkopf, bevor wir uns das Abendessen, bestehend aus den aufgewärmten, restlichen Spaghetti mit Tomatensoße vom Mittag, schmecken ließen.

Es hätte ein perfekter Tag gewesen sein können, wäre da nicht diese ständige Angst, die wie ein Damoklesschwert über mir schwebte.
Bis zu dem Anruf aus der Klinik hatte ich mich auch vollkommen im Griff. Als jedoch am späten Abend Julia angeklingelte, um mir mitzuteilen, dass Rene und Patrick beide mit hohem Fieber

und Durchfällen unter dem dringenden Verdacht auf eine Ebola-Infektion ins Krankenhaus eingeliefert worden waren, war ich mit meinen Nerven am Ende. Mein Albtraum wurde wahr. Noch vor sieben, acht Monaten hatten alle gedacht, Westafrika sei weit weg und nun …
Ich musste Björn anrufen, am besten gleich. Oder sollte ich ihm wenigsten diese eine ruhige Nacht gönnen und ihm morgen früh die Schreckensbotschaft überbringen? Ich entschied mich für die erste Variante. Schlechte Nachrichten wurden nicht besser, in dem man sie verschwieg. Noch so ein kluger Spruch meiner Großmutter. Ich tippte die Zahlen in mein Handy und lauschte auf das Freizeichen am anderen Ende der Leitung.
„Vera? Gibt's was Neues?"
Ich konnte den panischen Unterton in seiner Stimme wahrnehmen.
„Ja. Rene und Patrick sind im Krankenhaus. Sie haben Fieber und Durchfälle."
„Oh, nein, bitte nicht!" Nach kurzer Pause fragte er, wie es ihnen ginge.
„Ihr Zustand ist wohl stabil. Mehr konnte Julia mir nicht sagen. Sie hätte eigentlich gar nicht anrufen dürfen, wegen des Datenschutzes, hat

aber gemeint, dass es uns ja auch beträfe. Ich hatte ihr, als ich heute Morgen anrief, um ihr mein Fernbleiben von der Arbeit zu erklären, erzählt, dass Nils und Janets Kleiner gestern zusammen waren."

„Glaubst du, dass …?"

„Ich weiß es nicht. Eigentlich müssten sie, damit Nils sich infiziert, engen Kontakt gehabt haben, über Körperflüssigkeiten. Als ich den Jungen heute früh ausgefragt hatte, meinte er, dass sie Apfelsaft aus einem Trinkpäckchen getrunken hätten. Das könnte schon gereicht haben …"

„Scheiße!"

„Das kannst du laut sagen. Wir können nur abwarten. Wir telefonieren täglich, okay?"

„Ja."

„Schatz?"

„Ja?"

„Ich liebe dich."

„Ich dich auch, meine Sonne. Es ist bloß … Ich habe solche Angst, dass dir oder dem kleinen Schlingel was passiert."

„Ich weiß, Schatz. Ich habe auch Angst."

Nachdem wir aufgelegt hatten, schälte ich mich abermals aus meinen Klamotten und lies sie

achtlos auf dem Badezimmerboden liegen. Zum Aufräumen würde ich auch morgen ausreichend Zeit haben.
Ich sah noch einmal nach Nils. Er schlief tief und fest, so sorglos, wie es nur Kinder vermochten.

Nach einer unruhigen Nacht wachte ich mit heftigen Kopfschmerzen auf. Panisch griff ich nach dem Fieberthermometer. Nein, kein Fieber. Ich horchte in mich hinein. Einseitiger Kopfschmerz, stechend, bei Anstrengung zunehmend, ja eine typische Migräneattacke, wie ich sie seit Jahren schon nicht mehr gehabt hatte. Da aus dem Kinderzimmer noch keine Geräusche zu vernehmen waren, beschloss ich, eine Tablette Aspirin zu nehmen und mich wieder ins Bett zu legen.

Als ich das nächste Mal die Augen aufschlug, lag Nils neben mir im Bett und sah sich Bilderbücher an. „Mama, soll ich dir eine Geschichte vorlesen?"
„Hast du über Nacht Lesen gelernt, das ist aber schön." Mein Kopf hämmerte immer noch, aber nur, wenn ich ihn bewegte und auch nicht mehr so heftig. Ich sah auf die Uhr. Halb zehn.

Eigentlich hätten wir aufstehen und frühstücken müssen.

„Hast du schon was gegessen?"

„Ja, einen Joghurt und einen Apfel."

„Sehr schön, dann lies mir doch deine Geschichte vor."

„Also, es war einmal ein Pony. Das hieß Gustav …"

Wir vertrieben uns den ganzen Vormittag die Zeit im Bett. Nils erfand Geschichten zu den Bildern in seinem Buch. Dann spielten wir ein Spiel, das ich als Kind immer mit meiner Mutter gespielt hatte. Ich malte mit dem Finger auf dem Rücken des Kleinen, und er musste erraten, was es war. Wenn er richtig lag, war er an der Reihe.

Gegen halb eins beschloss ich, dass es doch an der Zeit wäre, das Bett zu verlassen und das Mittagessen zu kochen. Dann würde ich mir neue Spiele für den Nachmittag ausdenken müssen. Es war gar nicht so einfach, einen Vierjährigen zu beschäftigen.

Die nächsten Tage vergingen ohne größere Ereignisse. Björn und Julia waren meine einzigen Kontakte zur Außenwelt. Mein Mann versorgte uns mit Essen, indem er seine Einkäufe vor der

Tür abstellte. Heute Morgen hatte er ein Schneeglöckchen obenauf gelegt. Zunächst musste ich über seine Geste lächeln, dann kamen mir die Tränen. Ich schluchzte ohne Unterlass. Wann würde denn endlich wieder Normalität in unser Leben einkehren? Ich sehnte mich nach Björn mit jeder Faser meines Körpers.

Madita hatte ich jetzt seit einer Woche nicht mehr gesehen oder gesprochen. Wir ließen sie nicht mehr telefonieren, weil sie nach dem Auflegen jedes Mal einen Tobsuchtsanfall bekam und nach Hause wollte.

Als mein Handy klingelte, rutschte mir das Herz in die Hose. Mit Björn hatte ich schon telefoniert. Ich rechnete eigentlich mit keinem Anruf. Wer sollte um die Uhrzeit anrufen? Ein Blick auf das Display verriet mir, dass es Julia war. Jetzt verstärkte sich das ungute Gefühl noch.

„Julia?"

Einen Moment lang war es still. „Hallo Vera."

Diesen Tonfall kannte ich. Ich beherrschte ihn selbst meisterhaft, wenn ich anderen Leuten schlechte Nachrichten überbringen musste.

„Rück schon raus mit der Sprache! Was ist passiert?"

„Der Kleine von Janet … er ist eben gestorben."
Ich konnte hören, dass sie weinte. Mir wurde es auch eng im Hals. Meine Stimme hörte sich belegt an, als ich ihr sagte, dass sie gewiss alles getan hatte, was in ihrer Macht stand. Aber bereits, als ich die Worte aussprach, wusste ich, dass sie ihr kein Trost sein würden.
„Wie geht es Rene?"
„Ihm ging es in den letzten beiden Tagen schon besser. Er hat jeden Tag am Bett seines Sohnes gesessen und ihn versorgt, so gut er konnte."
„Was ist denn mit Patrick passiert, dass er es nicht geschafft hat?"
„Zunächst dachten wir, dass es auch ihm besser ginge. Gestern hatte er aber erneut hohes Fieber bekommen. Dann hat er in Haut und Schleimhäute eingeblutet. Er sah furchtbar aus. Heute wurde die Ausscheidung immer weniger und seine Nieren haben versagt. Vor zwei Stunden ist sein Herz stehengeblieben. Wir haben ihn über eine Stunde reanimiert. Es war so furchtbar!"
Ich hatte Julia noch nie so erlebt.
„Als ich dann Rene sagen musste, dass sein Sohn tot ist, dachte ich, er dreht durch. Erst hat er mich angesehen, als hätte er mich gar nicht verstanden.

Dann hat er plötzlich das Tablett vom Tisch gefegt, gebrüllt und getobt. Es waren vier Pfleger nötig, um ihn festzuhalten. Dann haben wir ihm Faustan injiziert, damit er zur Ruhe kommt. Er schläft jetzt. Oh, Vera, ich wünschte, du wärst hier. Ich schaffe das alles nicht ohne dich."
„Ich weiß nicht, was ich sagen soll. Eigentlich bin ich ganz froh, dass ich nicht an der Arbeit bin. Ich bin im Moment auch so dünnhäutig, ich würde keinen Tag überleben. Seit ich weiß, dass Rene und der Kleine erkrankt sind, kann ich keinen klaren Gedanken mehr fassen. Was, wenn Nils sich auch infiziert hat? Was, wenn er auch stirbt, genau wie Patrick?"
„Oh, Vera, ich bin in Gedanken bei dir. Sag mir, wenn ich irgendwas für euch tun kann."
„Du hast schon genug getan. Zumindest weiß ich jetzt Bescheid. Ich danke dir."
Nachdem ich das Handy auf den Nachttisch gelegt hatte, konnte ich plötzlich nicht mehr aufhören zu zittern. Ich verfluchte diese verdammten Terroristen, die das Unheil über meine Familie und Freunde gebracht hatten. Ich wünsche ihnen, dass sie selber erkranken würden und qualvoll dahinvegetierten. Und wenn diese Dreckschweine an ein Leben nach dem Tod

glaubten, dann sollten sie auf ewig in der Hölle schmoren. Meine Verzweiflung verflog im gleichen Maße, wie meine Wut zunahm. Ich warf die Bettdecke zur Seite und lief, vor mich hin schimpfend, im Schlafzimmer auf und ab.
„Mami?"
Nils stand in der Tür.
„Oh, mein Kleiner, hat Mami dich geweckt?"
Ich lief zu meinem Sohn und drückte ihn fest an mich. Sein bettwarmer Körper schmiegte sich weich an mich.
„Willst du heute in Papis Bett schlafen?"
Bevor er antworten konnte, war er schon unter Björns Decke gehuscht.
„Das heißt dann wohl ja. Soll ich dir noch eine Geschichte vorlesen?"
Die Wahl fiel auf Antoine de Saint-Exupérys kleinen Prinzen.
Schon nach wenigen Seiten war Nils wieder eingeschlafen. Ich legte das Buch zur Seite und löschte das Licht.

Die folgenden zwei Wochen waren die Hölle auf Erden. Jeden Tag untersuchte ich meinen Sohn, ob er irgendwelche Anzeichen auf eine Erkrankung zeigte. Als an Tag 21 immer noch

keine Symptome aufgetreten waren, glaubte ich, mein Glück nicht fassen zu können. Nachdem ich mit Björn telefoniert und ihm die gute Nachricht mitgeteilt hatte, rief ich Julia an.
„Hallo?"
„Julia, ich bin´s, Vera."
„Oh, Vera. Wie geht es euch?"
„Gut. Bisher hat keiner von uns beiden irgendwelche Symptome gezeigt. Heute sind die drei Wochen rum, wir sollten die Quarantäne aufheben können."
„Das ist ja wunderbar! Ich habe überhaupt nicht auf die Zeit geachtet. Sind echt schon wieder drei Wochen rum?"
„Ja, sag mal, wann hast du den letzten freien Tag gehabt?"
„Lass mich mal nachdenken…Keine Ahnung, vor einem Monat."
„Du musst mit dem Chef sprechen, ich komme nächste Woche wieder. Dann solltest du ein paar Tage freinehmen."
„Das könnte gehen. In den letzten Tagen haben wir die Epidemie in den Griff gekriegt. Seit vorgestern ist niemand mehr gestorben. Einige der Patienten, die diese Krankheit überstanden haben, leisten Freiwilligendienst bei der Pflege

der Ebola-Kranken, die noch auf der Station versorgt werden. Es sind noch vierzehn, aber keiner von ihnen ist mehr in einem kritischen Zustand. Wie es aussieht, haben wir es geschafft!"

„Das wäre fantastisch. In den Nachrichten wird auch schon von einem möglichen Ende der Pandemie gesprochen. Weltweit haben die Ärzte und Pflegekräfte die Seuche durch die Behandlung mit den Antikörpern und die durch das Militär zum Teil mit Androhung von Waffengewalt durchgesetzten Quarantänemaßnahmen unter Kontrolle. Die Weltgesundheitsorganisation hat gestern Entwarnung gegeben. Wenn in zwei Wochen keine weiteren Toten zu beklagen sind, rechnet man damit, dass die Bundeskanzlerin den Ausnahmezustand aufhebt und das Militär wieder abzieht."

„Wenn es doch nur schon so weit wäre. Vera, ich muss jetzt auflegen. Ich rufe dich morgen wieder an. Ach, kommt Björn heute wieder nach Hause?"

„Ja, ich habe ihn so vermisst und meine kleine Prinzessin auch. Würdest du mir noch einen

Gefallen tun und die Amtsärztin anrufen, damit unsere Isolierung aufgehoben werden kann?"
„Mache ich. Bis dann."

Als die beiden am Nachmittag die Wohnungstür aufschlossen, duftete es im ganzen Haus nach frisch gebackenen Waffeln. Ich hatte Kakao gekocht und den Tisch gedeckt.
Quietschend warf sich Madita in meine Arme. Vor Freude kullerten mir Tränen über die Wangen. Ich hatte solche Angst gehabt, dass ich mein Mädchen nie wieder sehen würde.
„Mami, weinst du?"
„Nein, meine Kleine. Ich freue mich nur so, dass ihr zwei endlich wieder zuhause seid."
„Ich freue mich auch. Opa hat immer gepupst."
„Was?"
Björn schaltete sich ein. „Dein Opa ist auch schon alt. Der darf pupsen."
Prustend warf ich mich in die Arme meines Mannes. Er musterte mich von oben nach unten.
„Du siehst schlecht aus. Hast du abgenommen?"
„Kann sein, ich hab mich nicht gewogen. Aber ich hatte keinen großen Appetit in den letzten Wochen."
Björn nickte. „Dann lass uns mal Kaffee trinken."

Nils steckte seinen Kopf durch die halb geöffnete Küchentür. Als er seinen Vater und seine Schwester sah, rannte er wie von einer Tarantel gestochen in den Raum und fiel seinem Vater um den Hals.

Wir ließen uns die frischen Waffeln schmecken und unterhielten uns über die Ereignisse der letzten Wochen.

„Mami und ich haben eine ganze Legostadt gebaut." An seine Schwester gewandt fuhr er fort. „Du darfst ruhig auch damit spielen."

Die beiden liefen nach oben ins Kinderzimmer und Björn räumte den Tisch ab. „Wir sollten den Frieden genießen, solange wir können. Wahrscheinlich ist diese Familienidylle morgen schon vorbei, und Nils beschwert sich wieder, dass Madita ihm aufs Brot gehaucht hat."

Es fühlte sich gut an, mit ihm zu lachen.

Unsere Blicke trafen sich. Seine Augen glänzten verheißungsvoll und versprachen eine Nacht voller Leidenschaft...

Über die Autorin

Yvonne Bauer wurde 1972 in Mühlhausen geboren. Dort ist sie auch zur Schule gegangen und aufgewachsen. Nach dem Abitur hat sie eine Ausbildung zur Fremdsprachensekretärin absolviert und einige Jahre in diesem Beruf gearbeitet. Zehn Jahre später verwirklichte sie ihren Traum und begann ein Medizinstudium, das sie sechs Jahre später erfolgreich abschloss. Seitdem arbeitet sie als Ärztin.

Bereits als Kind hat Yvonne Bauer mit selbstgemalten Bildern Geschichten erzählt. Mit dem Schreiben- und Lesenlernen kamen dann Texte hinzu. Parallel dazu verschlang sie einen Roman nach dem Anderen, wobei sie schon immer eine besondere Vorliebe für historische Romane hegte.

Vor etwas mehr als drei Jahren hat die Autorin dann mit den Recherchen für ihren Roman Antoniusfeuer begonnen. Der Roman ist ihr Debüt und der Auftakt für eine Trilogie. An der Fortsetzung mit dem Titel Marienglut arbeitet sie bereits.

Bisher erschienen:

Antoniusfeuer - Historischer Roman,
ISBN 978-1-49-547507-8, Januar 2014

Die Kainsprung – Hexe, Kurzgeschichte,
ISBN 978-3-7347-7560-4, Oktober 2014